シルバー川柳5

確かめる
むかし愛情
いま寝息

公益社団法人全国有料老人ホーム協会＋ポプラ社編集部編

ポプラ社

シルバー川柳5

イラストレーション　古谷充子
ブックデザイン　鈴木成一デザイン室

シルバー

【silver [sílvər]】

お悩み篇

川柳のテーマに直結するともいえる、シニア世代特有の悩み。内閣府の「高齢者の日常生活に関する意識調査」(二〇一四年)では、「自分や配偶者の健康や病気」「介護」「収入」についての不安が上位を占めた。千人を対象にした日経新聞の調査(二〇一二年)では、「老化で判断力が低下したときの対応」「自宅の改修」「友人を増やしたい」「眠れない」「自宅の防犯対策」といった声も寄せられている。

I

6

マイナンバー
ナンマイダーと
聴き違え

沢登清一郎・男性・山梨県・67歳・自営業

壁ドンで
ズボンの履き換え
やっとでき

伊藤敏晴・男性・福井県・69歳・無職

10

脳トレで
信じたくない
老いを知り

かまぼこ・女性・愛媛県・67歳・無職

人生に
迷いはないが
道迷う

片上映正・男性・愛媛県・47歳・公務員

老いるとは
ふえる薬と
減る記憶

黄昏《たそがれ》迫子《せまりこ》・女性・愛知県・68歳・主婦

アルバムに
遺影用との
付箋あり

鈴木冨士夫・男性・埼玉県・65歳・自営業

老犬と
こぼしたおかず
奪い合い

食い意地張る子・女性・熊本県・68歳・主婦

ハイタッチ
腕が上がらず
老《ロー》タッチ

春十八番・男性・北海道・48歳・会社員

長生きを
ほめる世間に
子は疲れ

裏山子だぬき連合・女性・愛媛県・63歳・
子ども英会話教室講師

年賀状出さずにいたら死亡説

角森玲子・女性・島根県・47歳・自営業

お互いに
ボケかトボケか
気がつかず

小田島忠彦・男性・神奈川県・74歳・自由業

三度目は
聞こえたふりの
半笑い

広瀬昌晴・男性・大阪府・69歳・無職

浪花節《なにわぶし》
何のだしかと
嫁が聞き

日比野勉・男性・岐阜県・74歳・無職

想い出が
身辺整理の
邪魔をする

はなみづき・女性・神奈川県・92歳・無職

もったいない
気づけば我が家は
ゴミ屋敷

シニアリアン・女性・東京都・63歳・無職

俺だって
死ねば弔辞《ちょうじ》で
褒《ほ》められる

山口義雄・男性・千葉県・72歳・自営業

老人会
みんな名医に
早変り

井上栄二・男性・千葉県・82歳・無職

上向いて
歩こう今では
下見よう

らくちゃん・男性・埼玉県・69歳・自営業

うす味を
愛だと知った
四十年

中村和雄・男性・千葉県・80歳・無職

徘《はい》徊《かい》も
タスキかければ
パトロール

橋本澄子・女性・大分県・59歳・会社員

Ⅱ

確かめる
むかし愛情
いま寝息

澤井拓司・男性・広島県・64歳・無職

孫の名は
読めない書けない
わからない

柴田弘二・男性・福島県・78歳・無職

薄くなる
頭と記憶と
存在感

北斗・女性・大阪府・46歳・家事手伝い

スマートホン？痩《や》せる本かと聞く親父

山﨑志郎・男性・三重県・68歳・無職

図書館の
快眠夜に
つけがくる

小松武治・男性・東京都・76歳・無職

あ
い
う
え
お
か

ア行から
捜しはじめて
思い出す

鴨原ミネ・女性・福島県・72歳・主婦

「終活」があなたと出会い「婚活」に

新古んさん、いらっしゃ〜い！・女性・
群馬県・52歳・主婦

会社やめ
いつのまにやら
妻の部下

猪俣峯子・女性・福岡県・68歳・主婦

家の中
あがりこんだら
別な家

林原そら・女性・鹿児島県・21歳・学生

今日整形
明日は内科と
泌尿器科

黒木充生・男性・大分県・73歳・無職

子に告げる
胃酸過多だが
遺産なし

大阪ゆうちゃん・男性・大阪府・59歳・自営業

バレエ会妻だけトドの盆踊り

ミスこもく・女性・大阪府・62歳・主婦

半値品
並べて遅い
晩ごはん

江戸川散歩・男性・千葉県・62歳・自営業

書道中
「戒名」ですかと
覗く老妻《つま》

蓮見博・男性・栃木県・62歳・無職

たまに来る
嫁は決まって
客気分

オケイ・女性・埼玉県・63歳・パート

80年
初のモテ期は
デイケアで

ビッグママ・女性・香川県・30歳・病院パート

仏壇のローソク借りる誕生日

鈴木冨士夫・男性・埼玉県・自営業

ボーナスも
あればと思う
年金日

浦羊次・男性・岐阜県・72歳・無職

歳とれば
誰も貰える
脳減る賞

安井稔夫・男性・埼玉県・83歳・無職

余生とは
妻に従い
暮らすこと

加茂和巳・男性・千葉県・80歳・無職

Ⅲ

水洗を
押したつもりが
非常ベル

播摩谷京香・女性・北海道・11歳・小学生

ウォーキング
帰ってきてねと
念押され

加藤義秋・男性・千葉県・67歳・無職

孫一人
付き添い何人
入学式

中井郁子・女性・岐阜県・49歳・パート

レントゲン
「息を止めて」で
咳こんで

竹内照美・女性・広島県・58歳・会社員

長生きのパワースポット永田町

猪口和則・男性・愛知県・53歳・会社員

シワシワで
喜怒哀楽に
差が出ない

増田真奈美・女性・東京都・45歳・主婦

乾杯の前に黙祷《もくとう》クラス会

下條恋蛇・男性・東京都・77歳・無職

息子より
すぐ来てくれる
救急車

海老原順子・女性・茨城県・59歳・主婦

孫伸びて
川の字ならぬ
小の字に

松川涙紅・男性・埼玉県・77歳・無職

アマゾンで
買ったという孫
いつ行った

高橋和佳奈・女性・高知県・28歳・主婦

ストレッチ
筋がのびきり
病院へ

山本一己・男性・千葉県・66歳

百歳を
生きてみたいが
予算難

金子秀重・男性・岐阜県・61歳・自営業

高齢者
立っているだけ
フラダンス

伊藤久子・女性・埼玉県・84歳

くしゃみして
洟《はな》をかむより
股押さえ

雨宮恵二・男性・大分県・83歳・無職

徘徊用
ポチに嗅《か》がせる
オレの服

鍬田美奈子・女性・熊本県・61歳・主婦

ヘルパーさん
来る頃なので
片付けし

老見栄晴・男性・神奈川県・64歳・無職

親よりも
先に逝くなと
百の母

中川潔・男性・福井県・49歳・会社員

天気なら
予報士よりも
俺の膝

西田勲・男性・北海道・77歳・無職

デイケアで
悪い嫁ほど
自慢でき

久保木主税・男性・千葉県・59歳・公務員

判定日
母凛《りん》として
要支援

門脇信博・男性・兵庫県・64歳・社労士

爺と婆
どっちが好きと
犬に聞き

延沢好子・女性・神奈川県・62歳・パート

あの世へも
方向音痴で
まだ行けず

ココ・女性・埼玉県・41歳・主婦

血圧を
納得するまで
計る父

田中多美子・女性・三重県・60歳・主婦

改札を出たのに切符を探す母

平野喜美代・女性・東京都・68歳・花や

Ⅳ

人混みで
疲れ過呼吸
寝て無呼吸

玉谷文子・女性・大阪府・56歳・主婦

本当に
寝ているのかと
揺する妻

阿部浩・男性・神奈川県・54歳・会社員

ヨタヨタと
ヨチヨチ歩きを
追いかける

西村嘉浩・男性・神奈川県・73歳・無職

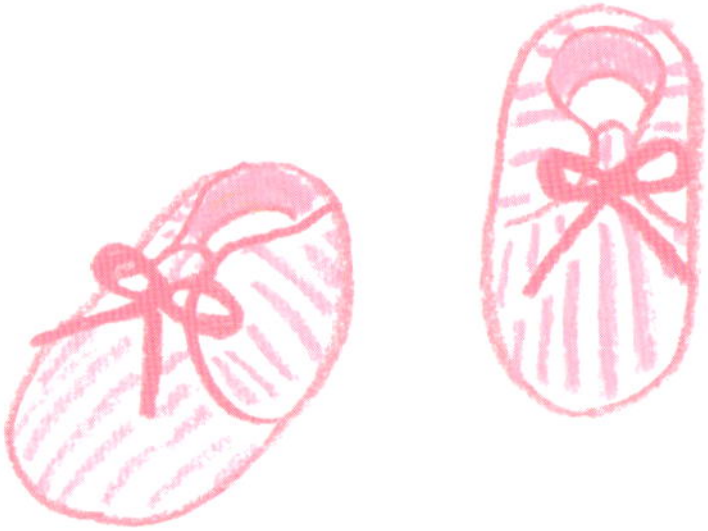

とっておけ
孫の歩行器
使うかも

小野寺祐次・男性・北海道・61歳・無職

イケメンの医者のいる日に風邪を引き

赤木貴枝・女性・千葉県・48歳・主婦

まっすぐに
歩いていても
横モレす

星川静香・女性・岩手県・71歳

ヘルパーに
抱かれたじいちゃん
赤くなる

源義弘・男性・愛媛県・46歳・自営業

ATM
だれも後ろに
並ばない

山下奈美・女性・静岡県・40歳・主婦

通帳
カー
お引出し
お預け入れ
お振込
残高照会
通帳記入
その他

夜遊びは
昔は俺で
今は妻

青木茂久・男性・岐阜県・65歳・会社員(嘱託)

相手する
孫が手加減
し始める

田岡弘・男性・香川県・71歳・無職

戒名の
好みを坊さん
聞きに来た

南政義・男性・大阪府・73歳・無職

人材と言えないオレが登録し

角森玲子・女性・島根県・45歳・自営業

孫が言う
向うの爺ちゃん
一万円

我楽多・男性・大阪府・75歳・無職

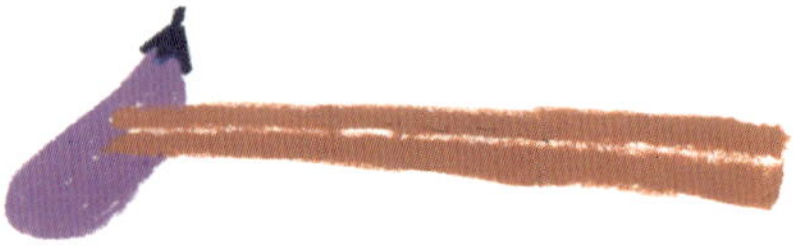

朝食時
「夕食何か」と
聞く夫

ナオママ・女性・三重県・63歳・主婦

老人会
薬の量で
会長に

高島修・男性・埼玉県・62歳・会社員

オレオレを待ってましたとお説教

田中伯子・女性・岐阜県・73歳・主婦

最新の病名もらい得意顔

111

橋立英樹・男性・新潟県・46歳・公務員

老二人
地球儀回して
旅の夢

石川昇・男性・東京都・59歳・銀行員

真夜中に
トイレに並ぶ
夫婦かな

徳田瑞木・女性・大阪府・70歳・無職

車椅子
乗りたい私が
押している

井田富江・女性・神奈川県・85歳・無職

妻と俺
いつの間にやら
妖と怪

木瓜・男性・神奈川県・77歳・無職

電話出ず
駆けつけさせる
親の知恵

酒井具視・男性・東京都・37歳・会社員

餅食べる
前に一応
腹くくる

ヤマダタオ・男性・北海道・56歳・会社員

爺ちゃんが
描き足している
生命線

野瀬智慧子・女性・千葉県・75歳・無職

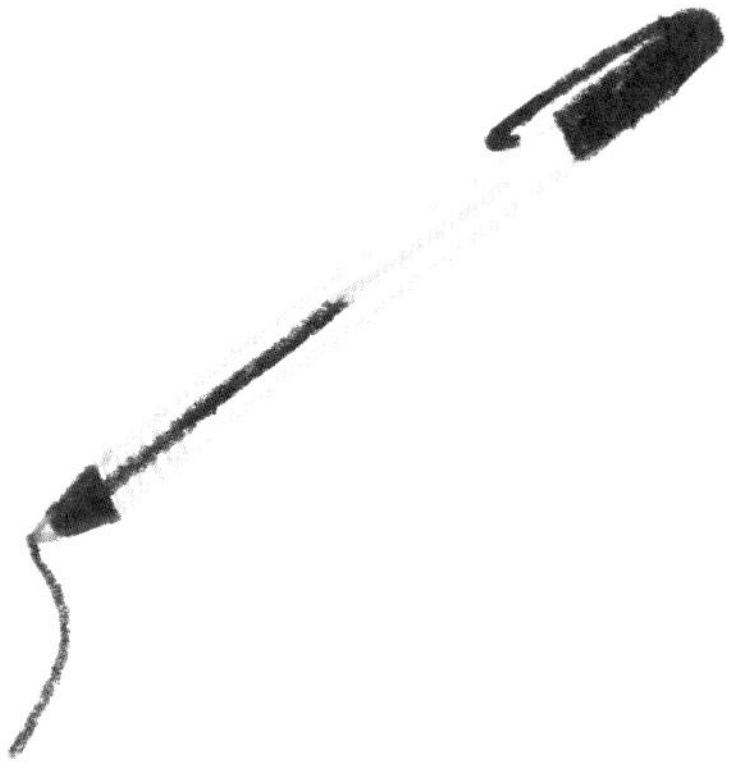

終わりに

「思わずププッとふき出して、しみじみと身につまされます」「家族や知人と集まる場に、必ず持参しています」——読者のみなさんに愛されて、おかげさまで『シルバー川柳』も今秋、第五弾の刊行を迎えることになりました。

本書は、公益社団法人全国有料老人ホーム協会が主催する公募「シルバー川柳」に寄せられた作品で構成されています。気軽に取り組める川柳づくりを通し、老いを肯定的にとらえてほしい、笑いを持って日々を楽しく過ごしてほしい、と始まった公募企画。二〇〇一年より毎年行われ、これまでの応募総数は十四万八千句を超えました。

第十五回を迎える二〇一五年の応募総数は、一万一八九九句。応募者の方の平均年齢は七一・四歳で、最年長は一〇二歳の女性、最年少は十三歳の中学生でした。応募者の年代構成は七〇代がもっとも多く、全体の三割程度を占め、ついで六〇代、八〇代のみなさんの応募が中心となっています。男女比は、男性五三・二%、女性四六・六%と、昨年に比べ女性の応募者の割合が微増しました。

本書は、第十五回の入選作二十句を含めた八十八句を紹介、おなじみ古谷充子さんによるイラストレーションが、笑いをさらにパワーアップしています。

＊

川柳の題材としてもっともよく扱われるのは、加齢にともなう「容姿・肉体・知力の衰え」を自虐的に詠んだもの。また、今年は「家族」も大きなテーマになりました。定年後の夫の身の置きどころのなさを自虐的に描いた作品は定番ですが、訪ねてくれる孫との、嬉しくもあり難しくもある交流の様子、嫁、妻、両親、祖父母など、近しい人とのさまざまな人間模様があたたかなつながりを感じさせます。

時事的なキーワードが作品に織り込まれるのも川柳の特徴です。戦後七十年を迎えた今年は、「戦争」「平和」「自衛権」「安保」といった言葉が多く登場しました。また「終活」「エンディングノート」といったシニア世代の関心の高さを感じるキーワードのほか、「壁ドン」「マイナンバー」「脳トレ」「ドローン」「ありのまま」（映画『アナと雪の女王』）など、ドラマやニュースで見聞きする言葉も多く使われました。昨年に引き続き、「東京五輪」をテーマにした作品も詠まれています。「老いるとは　ふえる薬と　減る記憶」（68歳、女性）、「老人会　みんな名医に　早変り」（82歳、男性）といった定番のテーマを詠んだ句から、「壁ドンで　ズボンの履き換え　やっとでき」（69歳、男性）、「マイナンバー　ナンマイダーと　聴き違え」（67歳、男性）のように、流行語や時事キーワードをシニア流にアレンジしたものまで、今年の入選作もユニークな顔ぶれになりました。

＊

老いを前向きに生きてほしい、人それぞれに悩みや不安はあっても、家族や仲間と笑いにして共有することで、少しでも毎日を楽しく過ごしてほしい。この一冊がみなさんの元気の源になれば、この上ない喜びです。

最後になりましたが、本書の刊行にあたり、作品の掲載をご快諾いただいた作者のみなさま、ご家族のみなさまに厚く御礼申し上げます。

公益社団法人全国有料老人ホーム協会
ポプラ社編集部

本書に収録された作品は、公益社団法人全国有料老人ホーム協会主催「シルバー川柳」の入選作、応募作から構成されました。

Ⅰ章　第十五回入選作
Ⅱ章　第十三回～第十四回応募作
Ⅲ章　第十三回～第十四回応募作
Ⅳ章　第十三回～第十四回応募作

＊　Ⅰ章は公益社団法人全国有料老人ホーム協会選、Ⅱ～Ⅳ章はポプラ社編集部選となります。

＊　作者の方のお名前（ペンネーム）、ご年齢、ご職業、ご住所は、応募当時のものを掲載しています。

公益社団法人全国有料老人ホーム協会

有料老人ホーム利用者の保護と、事業の健全な育成を目的として、一九八二年に設立。老人福祉法に規定された唯一の法人として、入居者生活保証事業の運営、苦情対応、事業者への運営支援、職員研修など多岐にわたる事業を行う。またサービス評価事業や入居相談、セミナーなどを通じ、ホームの情報開示にも積極的に取り組んでいる。二〇一三年四月に公益社団法人となる。

＊公募「シルバー川柳」についてのお問い合わせ
（入居相談も受け付けます）

電話〇三—三二七二—三七八一
東京都中央区日本橋三—五—一四
アイ・アンド・イー日本橋ビル七階
公益社団法人全国有料老人ホーム協会

シルバー川柳5 確かめるむかし愛情いま寝息

二〇一五年九月八日　第一刷発行

編者　公益社団法人全国有料老人ホーム協会、ポプラ社編集部
発行者　奥村 傳
編集　浅井四葉
発行所　株式会社ポプラ社
〒一六〇−八五六五 東京都新宿区大京町二二−一
電話〇三−三三五七−二二一二（営業） 〇三−三三五七−二三〇五（編集）
〇一二〇−六六六−五五三（お客様相談室）
振替〇〇一四〇−三−一四九二七一
印刷・製本　図書印刷株式会社

Printed in Japan N.D.C.911/126P/19cm　ISBN978-4-591-14657-6